Las Aventuras de la Tigresa

Por: Maria Feliz

CAPITULO 1

Totonicapán es una pequeña aldea [departamento] al norte de Séla, un municipio de Guatemala. Allí creció Candelaria en extrema pobreza; tanta, que a los trece años nunca había usado un par de zapatos; solo usaba guaraches o caites (chancletas). A su corta edad se interesó en ella un viejo rabo verde, llamado Pedro, quien a pesar de estar casado, fue a pedir a la madre de Candy (diminutivo cariñoso con que la llamaban), que le permitiera cortejarla, o sea, enamorarla, porque quería tener hijos y su mujer era estéril. Por eso, quería tener otra mujer, y quien mejor que Candelaria, que de acuerdo al punto de vista de Pedro, era tonta e insignificante y sería fácil tenerla como yegua de encaste, es decir, preñarla y luego, quitarle la cría como si fuera una vaca o una burra, por no decir una perra porque suena muy despectivo. Esta pobre niña sentía una repugnancia nauseabunda por este señor panzón, como le solía llamar con desprecio. Pero la mamá de Candy no quería desencantar a este señor porque era el mejor amigo de su marido y por supuesto, este no era el padre de Candelaria. La señora Polonia y su marido, ya habían pensado mandarla a la costa a trabajar en la cosecha de café, porque no había plata para mantener a tantas bocas; al aparecer don Pedro, dizque enamorado y ofreciéndole una "vida mejor" a la niña, tomaron la decisión de entregársela, aún sabiendo que él solo quería darle a su mujer los hijos que su vientre no podía concebir. El señor Pedro, a cambio, les dio a ellos unos terrenos y una casita. El marido de Polonia estaba convencido de que don Pedro Vilorio era el mejor partido para su hijastra.

Por fin llegó el día en que Candelaria debía irse con don Pedro, pero antes, Chepe, el marido de Polonia, se sentó a hablar con ella y le dijo, mira Candy, acordamos con don Pedro que te va a ir con él a la capital; él será un buen marido contigo. La niña solo escuchaba asustada, porque cuando Chepe hablaba era duro y directo; sus ojos inspiraban miedo, pues nunca se sabía si estaba borracho o enyerbado; de igual manera, cuando quería sexo, si Polonia no estaba o no podía atenderlo, invitaba a Candy a buscar leña al bosque y se lanzaba sobre ella y le decía, abre la pata condenada que por algo te doy de tragar, y una vez encima de ella, comenzaba a decirle cosas que a su corta edad, ella no entendía, como por ejemplo, vas a ser mas dulce que tu madre; bendita la hora que la conocí con una hija fea pero que me lleva al cielo. En ese momento, Candy, recordando los abusos de que había sido objeto, solo se limitó a escucharlo. Ahora que la había negociado, no quería que ella dijera lo que él hacia con ella. (Por eso es de vital importancia que la mujer que tiene hijos con otro hombre anterior, estudie y conozca a la persona con quien va a tener una nueva relación, o se van a unir, porque a veces los primeros en abusar de nuestros niños son las personas de más confianza. Nosotras las mujeres, cuando nos gusta un macho, nunca nos tomamos el tiempo para estudiar el comportamiento de nuestra pareja con nuestros hijos. Si son muy amables o muy estrictos, dependiendo de las circunstancias, hay hombres que aman a su pareja y por ella mantienen y cuidan de sus hijos, pero pueden aparecer también quienes se enamoran de los hijos o hijas de su pareja, o se da el caso que tratando de educar a los niños, si son pequeños, abusan psicológicamente de ellos, y la mujer, como está enamorada, no toma en cuenta ciertos detalles que la llevarían a descubrir si su hijo está siendo abusado. Muchos dicen, los hijos de mi mujer yo los quiero como si fueran míos; a veces es cierto, pero otras veces todo lo de ellos le molesta: si están, si vienen, si van, etc. Hay hombres de corazón noble que quieren lo mejor para los hijos de su pareja, pero tenga cuidado y nunca le entregue la guía de sus hijos a nadie. Ellos son su responsabilidad; trate de que sus hijos respeten a su pareja, pero no deje que el amor la ciegue; mantenga sus ojos puestos en el comportamiento de su pareja; si es amoroso con sus hijos, muy bien, pero si trata de guiarlo o controlarlo de manera rígida "supuestamente por su bien", o si rodea de atenciones y regalos a su hija adolescente, tenga cuidado, pues no todo el mundo es malo, pero estamos viviendo en tiempos en que tenemos que desconfiar de todos y de todo, ya que en aviso de guerra no mueren soldados).

Polonia le entregó la guía de su hija a Chepe, pensando que si él la amaba a ella también amaría a su hija, pero nunca se detuvo a analizar por qué cuando él iba a cortar leña al bosque, solo llevaba a Candy; por qué él aportaba dinero para comprar zapatos y ropa para los demás niños y para Candelaria nada?; pues Candy solo usaba chanclas de goma y sus ropitas eran muy viejas y desteñidas; él no quería que la niña saliera de la casa sola, ni que tuviera amigos de su edad. Ella tenía que ayudarle en los trabajos del campo porque era la mayor y Polonia tenía que cuidar a los más pequeños, pero ahora le convenía negociarla con don Pedro y él no quería que ella dijera que él la tenía de juguete sexual. Sostenía mucho empeño en convencerla para que no abriera la boca, por eso le decía, ya tu sabes, pórtate bien con mi amigo Pedro y cuidadito con lo que dices, pues no nos conviene que se sepa que yo te agarraba de vez en cuando, y le agregaba, que tenía derecho porque yo te mantengo y tengo mucho tiempo dándote de tragar; ya sabes, nunca le digas que fui yo que te desvirgué; si dices algo tu mamá me la pagará, pues tu sabes de lo que soy capaz cuando me enojan y si dices algo me voy a enojar, "rèquete fea", y me voy a desquitar con Polonia. Al escuchar esas amenazas, Candy sintió miedo y un escalofrío intenso cubrió su ser de pies a cabeza; los dientes le crujían y le temblaba todo el cuerpo, a la vez que trataba de evadir su mirada amenazante, pues era un hombre frío y cruel; un abusador con alevosía y ventaja, y ella estaba acostumbrada a verlo en acción.

Candelaria sabía que Chepe no hablaba por hablar; cuando amenazaba, pegaba, y si Polonia se negaba a sus caprichos, la tomaba del pelo, la pateaba en el piso y no importaba cuanto llorara, dejándola inconsciente y no había nada que Candy pudiera hacer para defenderse; aquello era escalofriante. Candy no sabía qué era peor, si irse con el viejo repugnante o quedarse sufriendo en este infierno que se vivía en esa casa, con ese borracho vicioso y violador, pues Chepe le entraba a todo lo que se llamara vicios; era impredecible, pues cuando fumaba llegaba a la casa con los ojos como Candelo, y cuando inhalaba rompía todo lo que hallaba a su paso. Chepe también se inyectaba manteca, usaba crack, jugaba a los gallos, a los dados, al ajedrez, al póker, a las carreras de caballos; su pasatiempo favorito eran las tabernas y los casinos; era un enfermo sexual, pero los domingos no faltaba a misa, porque de esa manera él tenía convencida a su mujer de que era un hombre de bien y que era normal que los hombres le peguen a sus mujeres y que tengan otras mujeres, como los reyes que tenían su harén; como el rey David, solía convencerla, buscándole en la Biblia las historias de Salomón, David, el rey Asuero (nombre bíblico del rey persa Jerjes I), entre otros. Polonia creía todo lo que él decía y confiaba en él ciegamente.

Candelaria le dijo que no diría nada pero que no le hiciera daño a su madre, y de inmediato se preparó para irse con don Pedro. Tomó algunas ropitas desteñidas de tantas lavadas, y se dispuso a salir.

Ya nos vamos Candy, despídete de tu familia, dijo Pedro. Candelaria subió al auto viejo de don Pedro sin pronunciar palabras, pues no tenía alternativa y se tuvo que ir, y al llegar a la capital, ella estaba asustada. Su mayor sorpresa fue llegar a la casa y toparse de frente con la esposa de don Pedro, quien al verla se notó un tanto sorprendida, pero ella sabía que así era Pedro; abusador, cínico, machista y sobre todo, bruto y tosco; era un viejo rabo verde al que había tenido que tolerar, porque las mujeres de su tiempo estaban hecha de otro material; ya él le había avisado acerca de este plan, que de todos modos, no es tan fácil de digerir, pues ella no lo esperaba en ese momento. El le dice –ya llegué vieja Silvia--, a lo que ella contesta, y esa ¿quien es? El le responde, mira mujer, tu sabes que nunca me diste un hijo; ella aquí se va a quedar, "tu sabes"; después que tenga un hijo se lo quitamos y la mandamos a la mierda, y nos quedamos con el bebé. Esta respuesta, a Silvia no le hizo gracia, pero ni modo, tenía que aceptarla, ya que las decisiones de don Pedro se ejecutaban, no se discutían; por eso, Silvia tenía que aceptar aquella situación. Candelaria viviría con la pareja y don Pedro la usaría para tener el hijo que Silvia no le dio, pues ambos estaban obsesionados con tener un hijo. Así transcurrieron los meses; Silvia llevaba las riendas de la casa y daba órdenes a la muchacha como su criada; la señora preparaba el almuerzo y Candy limpiaba la casa, lavaba los trastes; así trataban de llevar la vida en paz. Compartían la casa como una familia normal, pues en el día todo parecía un ambiente común, pero cada noche don Pedro la visitaba en su habitación, con la esperanza de que se realizara su anhelado deseo de embarazarla. Candelaria era una chica sin atractivo alguno, pues era muy flaca; sus piernas parecían patas de gallina; su espalda parecía una tabla de planchar; solo tenía la señal de donde por orden iban las nalgas y su cara no era bonita; quizás por eso a don Pedro no le inspiraba acariciarla; simplemente lo hacía como un trabajo, y había que trabajar duro porque él quería un hijo, por lo que en su afán de embarazarla, entraba a su habitación cada noche, dos o tres veces, y se le lanzaba encima como una bestia salvaje; por eso, cuando caía la tarde, Candy se ponía muy melancólica y con mucha ansiedad; pero a pesar de todo, no era tonta, y un día, mientras hacía compras en una de las pocas veces que salía, se le ocurrió comprar una ducha vaginal y la escondió, y cada noche, después que don Pedro la visitaba, rápidamente se duchaba la vagina con aspirina molida, vinagre y sal, y de acuerdo a su punto de vista ella pensaba que así no se embarazaría; y en efecto, pasó el tiempo y la cigüeña nunca llegó, por lo que este remedio le dio resultados.

En su obsesión por tener un hijo, don Pedro comenzó a tomar mas de la cuenta, y dicho sea de paso, comenzó a maltratar a ambas mujeres de manera física y verbal, lo que desequilibró emocionalmente a Silvia, de tal manera que se enfermó de presión arterial alta, colesterol, diabetes y mas adelante, su corazón comenzó a tener problemas; sus válvulas comenzaron a estrecharse y la situación en aquella casa era caótica. Candy tenía que cuidar a la mujer de su marido en el día, y someterse a sus aberraciones en la noche. Ante esa situación, la señora Silvia quedó ciega, le cortaron una pierna y al final, le dio un derrame cerebral que la postró en una silla de ruedas. Mientras Pedro ya deseaba que Silvia descansara en paz, Candy comenzaba a estudiar la manera de escapar de esta difícil situación, pues Pedro la tenía totalmente aislada; no podía socializar con nadie y no podía visitar a su madre, porque él decía que no quería que un día se quedara por allá; apenas podía salir hacia el mercado, y no siempre, porque Pedro podía pagar para que alguien hiciera los mandados; y cuando Candy no podía salir, se estresaba mucho y gritaba de desesperación, halándose el pelo y haciendo huelgas de hambre. En tono burlón, Pedro le decía, que raro Candy, hoy tienes estrés y ella contestaba del mismo modo, diciéndole, no viejo desgraciadísimo, por favor déjame en paz, que te odio y te detesto, viejo maldito, mil veces maldito, ojala te muera, viejo desgraciadísimo! En sus adentros, ella pensaba ponerle en su caldo muchísima sal y mucho chile o mata chinches, además de pedirle a Dios que se muriera, y agregaba en su intimidad que leería el salmo 109 todos los días de su vida.

CAPITULO 2

Candy estaba cansada no solo de los abusos de Pedro sino también de cuidar a Silvia. Aquello era desesperante, simplemente traumatizante, pues no descansaba de noche ni de día. Tenía que levantarse muy temprano para hacer los quehaceres del hogar, y cuando se acostaba, que comenzaba a buscar el sueño, llegaba el viejo y exclamaba ¡Es tiempo de trabajar, hay que buscar un hijo!; agregando que los embarazos se logran en la segunda vuelta, pero no hay mal que dure cien años, y por fin llegó el día en que murió Silvia y mientras se llevaba a cabo el servicio fúnebre, don Pedro pensaba para sus adentros, --bueeeno, ahora el show debe continuar; desde hoy trasladaré a Candy a la habitación de Silvia; ojala un día de estos quede preñada, y entonces sí voy a ser feliz-- pero mientras don Pedro hacía planes, Candy estudiaba la forma de escapar de la casa, por lo que se le ocurrió llamar a unos primos que residían en los Estados Unidos para pedirle ayuda. Al pasar los días, Candy se sentía cada vez mas sola, incluso hasta le hacía falta la mujer de don Pedro, porque antes eran dos compartiendo el mismo hombre y el mismo infierno; pero ahora le tocaba a ella los servicios de cada noche. Don Pedro cada día estaba mas grosero y exigente, porque la muerte de Silvia lo había puesto violento; tomaba con mas frecuencia y cuando llegaba embriagado, se quitaba su correa y después de pegarle unos cuantos correazos, entonces se quitaba la ropa y se lanzaba sobre ella como un animal salvaje, pues él solo quería usarla como una burra con la intención de preñarla. El desprecio se había hecho mutuo, y en la intimidad, don Pedro se circunscribía a decirle a ella ¡abre la pata, toma lo que te mandan y pracatàn pan pan! Pero Dios estuvo de su lado, porque finalmente nunca quedó embarazada, logrando comunicarse con su primo Laureano, quien le dio la buena noticia de que le había comunicado a su familia la idea de prestarle ayuda y todos estuvieron de acuerdo. Era un grupo de seis personas que habían emigrado: Laureano, Domingo y Margarita Collado eran hermanos; mientras que Carla, Cecilia e Hipólito Ruiz eran primos. El grupo compartía el mismo apartamento y entre todos le enviaron lo suficiente como para trasladarse de Guatemala a México, pero Candy aun sabiendo de la grandeza de Dios y que él le reservaba cosas buenas, sintió la necesidad de ir donde una bruja, pues ella quería saber si se le iba a realizar su viaje. La muy señora bruja, que se hacía llamar Madame Zagà, le dijo –te va ir muy lejos y te va ir muy bien, pero tienes que darte unos baños. De inmediato, Candy dispuso del dinero que había recibido y mandó a preparar los brebajes para darse sus baños, pero eso fue un cuento chino, porque la señora bruja agarró una porción de un agua florida y la echó en un galón de agua y le puso un poco de polvo rojo vegetal y le dijo, échatelo este viernes. Candy ya estaba muy confiada y preparó su viaje en la mas absoluta discreción, con los contactos que habían ayudado a sus primos; se entrevistó con el guía o coyote (el Canche le dicen a los rubios en Guatemala)

Gabriel Osorio (el Canche), a fin de ponerse de acuerdo con todo lo del viaje. El coyote usualmente no trataba de frente con la gente "por su seguridad", pues   siempre usaba intermediarios, pero Candy tuvo suerte que él la recibiera personalmente. Cuando Candy entró donde estaba Gabriel, se sorprendió al ver aquella figura; era un hombre elegante en toda la extensión de la palabra, su pelo rubio crespo hacía juego con sus ojos color cielo claro; sus labios eran carnosos, llamativos y sensuales; su nariz era perfecta. Gabriel Osorio causó tal impresión en Candy, que desde ese momento no apartó su rostro de su mente ni por un instante; anhelaba el momento del viaje para conocerlo, hasta que llegó el día. Candy esperó que don Pedro saliera de la casa y se fue en busca de su libertad; una libertad que nunca tuvo porque desde niña fue violada y sometida por su padrastro y en la adolescencia vivió la pesadilla más horrorosa. Ahora daba gracias a Dios no solo porque la liberaba, sino también porque le concedió el deseo de no embarazarse. Candelaria se fue dejándole a Pedro una carta, donde le decía lo siguiente: Pedro, gracias por todo, me voy de la casa, no me busque, pues me fui a la costa con otro hombre, no vayas a Totonicapán porque mi madre no sabe donde estoy. Candy sabía que Pedro iría a buscarla, por eso usó esa táctica. Mientras él viajaba a la costa, ella salía de Guatemala; así logra distraer su atención y se reúne con la gente de "el Canche", que era un grupo de 8 personas, todos con el mismo objetivo de llegar al norte en busca del sueño americano, y Candy en busca de su libertad. Esa noche la iban a pasar todos juntos, en la habitación de un hotelucho de un amigo de confianza del Canche. Era una habitación para todos y se acomodaron como pudieron, sentados y recostados de la pared; todos estaban juntos pero el Canche tenía su habitación separada de los otros, y al ver que los demás eran hombres, sintió pena por la muchacha y la mandó a buscar y le dijo, --no sé si quieres pasar la noche aquí conmigo, vas a estar mas cómoda; no tengas miedo, pues yo estoy felizmente casado, cuya esposa también es estéril--. La muchacha se limitó a contestar -- eso no es problema, yo se lo agradezco--. Cuando fue a la habitación del Canche, Candy solo tenía la ropa de encima y él le dijo: Ponte cómoda, no tengas pena muchacha, pues ella estaba temblando y le crujían los dientes. Por primera vez temblaba y no era de miedo; lo último que ella sentía en ese momento era miedo, al verse sola con aquel hombre, ya que sentía un enjambre de mariposistas en su estómago; estaba visiblemente nerviosa, por lo que él le dijo si quieres te puedes quedar; la próxima semana sale un viaje donde van mas mujeres. Ella le dijo, oh no, yo me voy como sea, pues ya no puedo volver a mi casa; si Pedro me encuentra, me mata. Gabriel (el Canche) entendió que la muchacha necesitaba ayuda y -agregó- no temas niña, yo me encargaré de que durante el viaje todos te respeten y haré todo lo que esté a mi alcance para que llegues bien; ven, acuéstate de este lado que no va a pasar nada; pero eso era lo de menos, pues Candy nunca antes había visto un hombre que le gustara tanto. La joven estaba cansada y por primera vez en mucho tiempo no tenía miedo de que alguien viniera a agarrarla. Aún estando al lado de un desconocido, sentía una tranquilidad y una paz que la llevaba a comprender que mas allá de lo que había vivido, era una vida diferente que ella no conoció, porque su madre centró toda su atención en su marido y sus hermanos, por lo que ella no tuvo el amor que un niño necesita para crecer seguro de si mismo. Su progenitora era una madre soltera cuando ella nació y no conoció a su verdadero padre. Polonia se casó con José de León {Chepe} y estaba ciega, por lo que nunca quiso darse cuenta de que él abusaba en forma perversa de su hija. Aunque la niña le dijera me toca acá, me toca allá, Polonia no le creía porque confiaba ciegamente en su marido. Pero eso quedó atrás y Candy comienza un nuevo capítulo en su vida; está decidida a hacer lo que sea para no mirar hacia atrás; en esta aventura ella comienza a descubrir cosas diferentes y tiene fe de que todo saldrá bien. El Canche le dice, toma esta almohada para que duermas de ese lado que yo me quedo en esta esquinita; no te voy a tocar, agregó. Al Canche en realidad no le llamaba la atención la muchacha, por lo que se acostó en su esquinita sin moverse para no despertarla; mientras ella dormía como un ángel él se levantó lentamente, dando vueltas a pasos lentos en la habitación; de pronto la observó sin querer, era fea y su pelo descuidado no ayudaba para nada el marco de su cara, pero él la miró tan indefensa y tan tierna que se arrodilló frente a ella y de lejos acercó sus labios y le dio un tierno beso en la mejilla, a la vez que decía, ¡pobre muchacha! Ella estaba tan cansada que no se despertó, lo que permitió que el Canche continuara inmóvil al lado de ella, pues le inspiraba una ternura que nunca había sentido. El se acostó a su lado y apagó la luz con intención de dormirse, pero no pudo, por lo que se levantó y salió. Cuando Candy se despierta comenzó a recordar un sueño que tuvo acerca de que el Canche era su marido y habían tenido un bebé, pero no le dio importancia a eso y pensó, uhh el Canche nunca se fijaría en mí. En ese instante, él entró a la habitación y traía algo de comer para ella. La saluda diciéndole ¿cómo le va joven, cómo durmió? Ella le contestó, bien gracias, y ¿usted? Pues, fíjese que no dormí por miedo a que mis ronquidos la despertaran. -Oh no, yo tengo el sueño pesado-, dijo ella. Le diré que hoy no vamos a salir, pues tendremos que dormir aquí de nuevo; espero que podamos irnos al amanecer. Ella le dice, ojalá, porque si Pedro me encuentra me mata.

Después de comer, Candy tomó un baño y tuvo que usar una camiseta de el Canche, mientras su ropa se secaba; se acostó y mientras él leía el periódico, ella lo comenzó a observar con discreción; luego él se incorporó dejando de lado su hoja de periódico y le dijo, nunca cuestiono a las personas que viajan conmigo pero tengo curiosidad por saber, ¿porqué usted huye de su marido? Ella le dice, nunca lo he considerado mi marido; con ese desgraciadísimo mi padrastro me juntó a la fuerza. ¡Oh, ya comprendo!; entendió que no le gustó la pregunta y apagó la luz y ahora sí se disponía a dormir, ya que debían salir temprano hacia México. Intentando dormirse, sin querer, su mano rozó el cuerpo de Candy y ella se movió y de pronto dio la vuelta y su cuerpo quedó junto al de él, pues él quería tocarla pero se limitó a decirle tienes frío y ella maliciosamente le dijo, sí, mucho, y entonces rodeó su cuerpo con sus brazos y ella no hizo ningún gesto negativo; luego la apretó junto a su cuerpo; ella sentía estremecerse y él comenzó suave mente a acariciar su cuerpo; era un hombre tierno y dulce; la besó apasionadamente y ella se dejaba llevar porque era la primera vez que disfrutaba el placer de estar con alguien por voluntad propia. Pasaron la noche despiertos e hicieron y hablaron de todo; en pocas horas intentaron saber cosas acerca de uno y otro y permanecieron en un interminable abrazo hasta el amanecer, mientras la luz del alba comenzaba a despuntar y llegó la hora de reunirse con los compañeros de viaje, pues debían salir hacia México. El viaje fue en autobús y muy extenso, por lo que durante el mismo, Candy dormía plácidamente, poniendo su cabeza recostada en la ventanilla, dejando ver su aspecto de felicidad por fin libre. Al llegar el día se instalaron en un pequeño hotel que no era cómodo, pues era algo de paso {refugio de inmigrantes}. El Canche tenía muchos años hospedándose allí, de hecho él era como el FBI, dondequiera tenía un contacto, pues estaba planificando viajes ilegales desde muy joven y tenía fama de ser el mejor coyote; todos sus viajes eran seguros y si por desgracia algo no salía bien, él siempre sabía enfrentar la situación, pues, distribuía dinero, era responsable y sabía moverse como un pez en el agua; dondequiera era conocido y respetado, ya que en México estaba su punto de partida.

CAPÍTULO 3

A su llegada a México todos estaban contentos, pues querían salir a conocer el Distrito Federal. El Canche de nuevo tomó una habitación separada para Candy, mientras él se hospedó en otro lugar, pero regresó con agua y comida para ella. Durante las noches, después de cenar, él se quedaba con ella un buen rato, y en algunas ocasiones, dormía con ella. Llevaban más de una semana en el D.F., esperando que el Canche obtuviera las cédulas que todos deberían llevar durante el viaje, pues él tenía contactos por dondequiera y era muy importante que todo el que viajara con él, llevara identificación como mexicano, ya que es mas fácil porque la guardia fronteriza los puede interceptar y devolverlos a México. El Canche les guiaba pero todos tenían instrucciones de nunca decir quien de ellos era el coyote (guía}. Una vez todo estaba listo, salieron en un autobús; de vez en cuando tenían que hacer paradas para comer algo y descansar; también tenían que parar cuando la policía les hacía una señal de alto, pues eso es común y lo hacen para ver si llegan personas indocumentadas, pero en este caso no había problemas, ya que todos eran "ciudadanos mexicanos". Todos ellos estaban entrenados acerca de que debían saber las costumbres, tipo de comidas y algo de la historia mexicana; además, el Canche les enseñaba las palabras mas comunes que se usan en México. Viajaron todo el día; atravesaron gran parte de México y pasaron la noche en Tapachula, donde unos amigos de el Canche; debían descansar pero no había camas, pues la casona lucía como un lugar abandonado, por lo que pasarían la noche como Dios les ayudara y sin hacer mucho escándalo; los que se querían dormir, en el piso podían hacerlo, pero había que hacer turno. Dos hombres, los más fuertes, Cecilio y Maynor, daban vueltas mientras los demás descansaban. A las tres de la mañana Cecilio despertó a el Canche, que yacía en una esquina al lado de Candy; él la cubría con su cuerpo, mientras Maynor y Cecilio se preguntaban de como será que él se agarra de esa vieja fea; para los centroamericanos los hombres usan el término vieja para referirse a una mujer cualquiera, y cuero si está bonita; para ellos él debería andar con un cuero. El Canche se incorporó y dijo – OK, ahora duerman ustedes, que yo vigilo-- y comenzó a caminar lentamente, pues no se podía quedar en un sitio ya que algunas veces aparecen bandidos. De pronto salió uno de los muchachos, ¿adonde vas?, le pregunto el Canche-- tengo que hacer algo que nadie puede hacer por mi; ah si, aléjate un poco para que el olor no despierte a los demás-- bromeó el Canche, pero pasó una hora y el joven no aparecía, pues parece que se alejó mucho, por lo que despertó a los demás y comenzaron a buscar alrededor pero se hacía difícil, porque era un bosque de maleza y la luna no estaba a su favor. Entonces decidieron quedarse en la casona a ver si aparecía, mientras comenzó a despuntar el alba y los rayos de luz atravesaban las deterioradas paredes de madera de la casona; luego se dividieron en dos grupos para buscarlo pero fue inútil; pasó el mediodía y nada, pero al atardecer ubicaron una persona de confianza para que rodeara la zona a ver si aparecía. El Canche dijo con preocupación a su amigo: Si aparece vivo o muerto, avísame, -dijo el Canche- dejando la dirección de donde iban a estar, pues esa noche los esperaba otro contacto en Aguas Prietas. Tomaron otro autobús y viajaron por varias horas, eran las 12 de la noche y llegaron sumamente hambrientos; la anfitriona les proporcionó una canasta de tortillas de maíz, arroz blanco y salami con huevos revueltos; Candy dijo que era el manjar mas delicioso que le habían ofrecido durante su aventura. Después de la cena todos se fueron a descansar y el jefe prefirió irse a un hotel del pueblo. --vamos Candy, le dijo él-- Al llegar a la habitación, tomaron un baño y se disponían a dormir, cuando ella le dijo -estoy muy preocupada porque no sé que va a pasar—No temas, dijo él-- mis viajes son seguros, eso que pasó fue un incidente aislado; pienso que este muchacho quizás se alejó mucho y migración lo agarró; lo mas probable es que a mi regreso lo encuentre y le halaré las orejas; es muy común que si alguien se extravía o la guardia lo detiene, siempre cuando lo dejan ir tratan de ubicar de nuevo al coyote.

El Canche estaba tan distraído con lo del viaje y la incertidumbre de no saber del joven, que no se había podido comunicar con su esposa, o tal vez toda su atención estaba concentrada en Candy, a quien percibía tan desprotegida e indefensa que él le había cogido "lastima"; allí se cumplió el dicho de que la suerte de las feas las bonitas la desean, por el hecho de que hay mujeres muy hermosas y bellas, pero engreídas y sangronas.

Candy era fea pero su ternura y sinceridad transmitían paz y dulzura, por lo que en pocos días ellos disfrutaron de una atractiva luna de miel. El solo veía la belleza que había en su alma y se dejaba guiar por la miel que había en sus labios, por lo que disfrutaron las noches a plenitud. Al día siguiente salieron porque todavía faltaba cruzar el río y luego, atravesar el desierto; tenían que llevar algunas galletas, agua y solo la ropa de encima, incluyendo zapatos cómodos para cruzar el desierto; para cruzar el río se requería saber nadar pero Candy no sabía nadar. Llegó la hora y salieron carretera arriba, caminando hacia el río; al llegar, todos se encomendaron a Dios, pues el río estaba plagado de cocodrilos muy grandes. Se sentaron detrás de los matorrales hasta esperar la noche, ya que al oscurecer los cocodrilos se alejan hacia el norte, buscando alimentos, por lo que había que aprovechar e ir en dirección opuesta por donde ellos iban. De dos en dos se fueron lanzando al agua; solo quedaban el Canche y Candy; él le dijo colócate en mis espaldas y abrázame fuerte, no importa lo que pase y no me suelte. Así, con la joven sobre sus espaldas, él se lanzó al agua y por unos minutos nadó apresuradamente por miedo a que ella viera un animal de esos y se asustara. Todos lograron pasar el río. Acto seguido, corrieron hasta esconderse entre los matorrales y se sentaron, para descansar un poco, comer algo y tomar agua; luego, reanudaron su caminata y caminaron hasta el anochecer, pasando la noche entre los arbustos, pero no podían dormir por el miedo a los animales. Como siempre, Candy buscaba el refugio al lado del Canche; se recostaba sobre su pecho y se sentía tranquila, confiada en que el coyote {guía} conocía la zona como la palma de sus manos; también sabía de los rejuegos de la patrulla fronteriza, y si bien es cierto que hay guardias malos, también hay otros con sensibilidad humana. El Canche también era conocido por algunos guardias fronterizos, que en su momento también le ayudaron en un gesto humanitario, porque entendían que de la misma forma en que un día entraron los peregrinos en busca de apoyo en su lucha por la libertad de religión, también como el caso de Candy, hay quienes lo arriesgan todo, incluso su propio pellejo, por un futuro mejor. Candy sabía que no sería fácil tal travesía, pues miraba hacia adelante y le asustaba lo que le esperaba, pero luego, miraba hacia atrás y se daba cuenta que era mejor jugarse el todo por el todo. Candy tenía una mente positiva y ya no pensaba como aquella niña que su padrastro abusaba de ella; ahora se sentía una mujer con ilusiones; había carecido de tantas cosas que iba planificando las mismas. Se decía a sí misma, me compraré docenas de calzones, zapatos y otras vestimentas, y en sus oraciones no olvidaba pedir que nunca volviera a ver a don Pedro ni a Chepe su padrastro. El Canche la animaba, diciéndole, todo va a salir bien; en el norte te sentirás mas segura, pues él no te va a encontrar; ya verás que cuando trabajes te va a sentir mejor; y lo mas importante, no te limites solo a trabajar, estudia, trata de olvidar las cosas malas que tu has vivido; también debes aprender a moverte por ti misma; en el norte no se puede depender de nadie, pues el mundo se mueve muy rápido y todas las personas tienen sus propios problemas y responsabilidades; a nadie le importa los tuyos; trata de aprender inglés, que hay muchas escuelas que tienen programas muy buenos y puede estudiar por las noches; ahora tienes la oportunidad de ser lo que tu deseas; la vida del ser humano es como el agua, si le das mal uso se agota en el mejor momento; si la pones en un recipiente sucio y te olvidas de ella, cría parásitos, pero si la purifica te va a durar mucho tiempo. Ahora que vas a poder tomar tus propias decisiones, no hagas todo lo que veas, pues no todo lo que te rodea es bueno, y no olvides las cosas buenas de la vida, las cuales se obtienen a través del buen uso y funcionamiento del cerebro. Candy captaba todo lo que el Canche le decía; era un hombre joven y muy inteligente y durante el tiempo que estuvieron juntos, ella aprendió a admirarlo y reconocerlo como un hombre de bien. En cierta ocasión le preguntó, ¿porque eres coyote? Y él le contestó, porque en un viaje puedo ganar lo que ganaría trabajando durante 6 meses, pero ya no lo voy a hacer por mucho tiempo, pues este es uno de mis últimos viajes; ya tengo suficiente dinero y voy a dedicarme a los negocios, de tal manera que no me tenga que esconder ni usar apodos como el Canche, pues este mote va a desaparecer.

CAPITULO 4

La luz del alba comenzaba a despuntar y la mañana estaba fresca; aprovecharon para comer algo y reanudar la marcha, ya solo les quedaba algunas galletas y un par de galones de agua. Caminaron mas de 16 horas sin descanso, pues no podían detenerse; cuando comenzó la noche buscaron un lugar seguro para sentarse y descansar; allí eran uno para todos y todos para uno, pero desgraciadamente hay momentos en que hay que decir sálvese quien pueda, pues uno del grupo se debilitó y estaba muy enfermo; tosía sin cesar y trataban de ayudarlo, pero era imposible; durante la noche sudó copiosamente; los que en su momento cooperaron con él ya estaban agotados. Al otro día continuaron caminando y el desierto cada día se hacía más difícil, pues estaban en el área mas caliente y ya no quedaba agua. Candy dijo, ¿que vamos a hacer con él? Alguien dijo, lamentablemente hay que dejarlo; la muchacha se horrorizó al escuchar aquello y exclamó -¡es un ser humano, no podemos abandonarlo! El Canche enfadado, agregó --crees que a mi me agrada hacer esto, no nos podemos detener, tenemos que seguir adelante, no podemos esperar que nos atrapen, ya él no está al tanto de la situación, está inconsciente, ya no responde-- Candy se negaba a aceptarlo, pero el Canche tenía razón, pues no podrían moverse cargando un enfermo. Entonces lo arrastraron hasta un sitio para ver si algún guardia lo veía. Continuaron la marcha y se alejaron lo mas rápido posible; a lo lejos sintieron el ruido de un vehículo; Candy se alegró, pues sabía que si su compañero era rescatado a tiempo, se salvaría; el único problema era que lo regresarían a México, pero todos respiraron aliviados, pues para los guardias era mas importante salvar la vida de aquel que salir a buscar el grupo. Caminaron hasta llegar la noche; descansaron pero ya estaban todos muy debilitados, pues el calor era abrasador. Esa noche fue terrible para Candy, ya que habían encontrado varios cadáveres de personas que mueren en el intento de hacer la travesía. El Coyote agregó, *** --no temas, Dios está con nosotros, al regresar iré al hospital, donde llevan a los que recogen en esta zona, a fin de saber acerca de nuestro compañero--. Gracias a Dios --dijo Candy-- no viviría en paz sabiendo que uno de los nuestros murió. Esa noche, la luz de la luna les hizo compañía; descansaron y luego, caminaron por mas de 36 horas para avanzar mas, ya que vienen por nosotros al amanecer del sábado. Se estaban acercando a Phoenix, Arizona; todos se sentaron, y a lo lejos se escuchaba un ruido. --No teman, como diría Chespirito {que no panda el cùnico}, no estamos para bromas, --dijo uno de ellos-- No son bromas, es mi contacto que nos viene a recoger; vamos a rodear lo que queda del desierto y vamos a salir a un pequeño pueblo de Arizona; no hay problemas. Entonces, cuando el contacto los recogió en un tráiler los cubrieron detrás de productos como plátanos, sacos de yuca, etc., y los llevó a una casa dentro de una pequeña finca. ¿Cuando nos podremos ir? -decían todos— Pues, cuando paguen mañana. De inmediato, comenzaron a contactar sus familiares. Seguido llegue el dinero, se van, pues el Canche tenía los teléfonos de todas las familias de sus gentes. ¿Estamos secuestrados? –Preguntó Candy-. No, princesa mía, me harán compañía hasta que quieran sus familiares. Al día siguiente, él los fue distribuyendo conforme fue recibiendo su pago; solo le quedaba Candy, pues ya él tenía el dinero, pero le dijo yo tengo que ir a New York y me voy por carretera, porque allá están mis documentos para regresar a mi destino. Yo pensé que no tenías documento; -si tengo- lo que pasa es que este es mi negocio y ahora me voy en avión. El se sentía bien con ella, ya que viajó muchas horas por carretera para llegar a Rhode Island, a fin de dejar a Candy y seguir hacia New York, donde también tenia contactos. Allí alguien le esperaba con sus documentos en regla para viajar de regreso. A la hora de despedirse, Candy pensó que lo sabía todo sobre él. El tiempo que pasaron juntos le permitió conocer el amor. Aquella muchacha que salió de su casa buscando libertad, ahora era prisionera de un sentimiento profundo. Ella le dijo, cuando regreses, por favor búscame; él le contestó, lo haré princesa mía. El Canche siguió su rumbo y Candy quedó con sus primos; Domingo, que es el mas mal educado de todos, le dijo "puta, vos tuviste suerte que te trajeron hasta aquí ", pero ella no contestó. Yo pensé que estabas contenta --dijo él--; pero Candy tenía una mezcla de penas y alegrías al sentirse libre; y por otro lado, se había enamorado por primera vez. Carla, tratando de animarla, le dijo –mira, no te preocupe; yo hablé con Ramiro que lleva gente a trabajar en conchas y te va a dar trabajo. Acto seguido, Candy se dispuso a conseguir un documento falso para trabajar; se tomó fotos para la green card (tarjeta de residencia); y no se puede usar tu mismo nombre, --agregó Carla en tono jocoso--. Ella contestó, desde hoy me llamaré Irma Serrano; --no, ese es el nombre de la tigresa- No importa, es solo para un documento falso. Los primos de Candy estaban felices con su llegada, pues ellos estaban claro de lo que ella había sufrido. Allí, en un apartamento pequeño se acomodaban como podían; ahora eran 7 y le dijeron a ella --cuando hagas un poco de dinero nos comienza a pagar poco a poco--. Candy, ahora llamada " Irma", viajaba todos los días, desde Providence a New Bedford, Massachusetts, a fin de trabajar en una compañía empacando pescado; el trabajo no era difícil pero había que estar de pies todo el día durante 12 y 13 horas; pero a pesar de todo, Irma estaba bien porque ya estaba comenzando a pagar su diíta {deudita}, pero se quedó esperando la llamada de el Canche. Por otro lado, el Canche estaba confrontando problemas, ya que al llegar encontró que su esposa se estaba divorciando de él; y puesto que se fue con otro hombre, el Canche se quedó viviendo solo, en una mini mansión que había construido dentro de una finca, fuera de la ciudad, esperando la llegada de los hijos que no tuvo. El estaba devastado, solitario y totalmente deprimido. Decidió que ya tenía suficiente dinero para seguir arriesgándose en esos viajes. Siempre recordaba los gratos momentos que vivió con Candy; no era la primera vez, pues siempre que le gustaba una mujer, si ella quería, él la tenía durante el viaje, pero hasta ahí; empero, con Candy fue diferente; recordaba su carita indefensa y asustada, tan falta de cariño.

Todo transcurría aparentemente normal para Candy, pero de un momento a otro, sintió que ya le molestaba el olor del pescado; le provocaba comer cosas que nunca había comido antes; cada día se le hacía mas pesado levantarse; siempre tenía mucho sueño y todo le producía asco. Margarita, que era la chismosa de la familia, le dijo --mira vos, yo creo que viniste preñada de Pedro-- Ella le contestó, --no, como vas a creer eso, en el camino yo vi mi regla. Pues entonces te dejaste coger del Coyote,--dijo otro--. La muchacha estaba asustada, lo que escuchaba no le gustaba en lo absoluto; y ¿cómo vamos a hacer, pues? Ir a ver el doctor, dijo Margarita, a quien le fascinaba el chisme. Déjame ir a la farmacia a comprar una prueba de embarazo, y con la intención de fastidiar, corrió a la farmacia y compró la encomienda; entonces le dijo, ven, hagamos la prueba; luego, y después de unos minutos, --mala suerte, dijo Margarita-- es positiva. Oh, noooooo, exclamó Candy, con voz de pánico, que voy a tener una tigrita o un coyotito; lo de tigrita lo decía porque eligió llamarse Irma Serrano. Desde ese momento le comenzaron a llamar la tigresa, y la muchacha estaba totalmente preocupada. Ella dijo, ¿Qué voy hacer? Laureano, que era el mas juicioso, le dijo,-- no tengas pena, ve donde el doctor, a ver que pasa-- Pobre muchacha,-- comentó Carla-- Eso le pasa por burra, --dijo Margarita--, quien después de decirle algunas cosas como ¿Con qué nos terminará de pagar?, si ya saliste con tu domingo siete, agregando, yo tengo el número en español de la clínica, te voy a hacer una cita, a lo que Candy asintió y visitó el doctor. Luego de tomar su muestra de orina, le dijeron que esperara y que le llamarían después. Transcurrieron más o menos 45 minutos, cuando le llamó una gringuita y dijo, ¿me habla Candelaria Dilion? Así no es mi nombre, --dijo ella-- soy Candelaria de León y me dicen Candy; y en tu trabajo, tigresa, --agregó Margarita--, que la fastidiaba día y noche. Al entrar al consultorio del doctor, le dijeron quítese la ropa y póngase esa bata y espere al doctor que viene ahora; pero pasó otra hora mas para que el doctor apareciera, quien finalmente le dijo, usted está embarazada, ¿que quiere hacer? Ella dijo, ¿cómo que quiero hacer? Entonces, la intérprete dijo, lo que pasa es que ellos te ofrecen opciones; si quieres abortar o darlo en adopción se le ayuda, si quieres tenerlo le apoyamos; ella contestó, este es el fruto de lo único maravilloso que he vivido y necesito apoyo para que nazca saludable. Entonces el doctor le indicó otros análisis de laboratorio y a su vez la refirió a un ginecólogo, a fin de que le diera seguimiento al embarazo. Los demás parientes de la casa estaban dispuestos a apoyarle, a excepción de Margarita, quien le decía --tu deberías sacarte esa barriga; en este país cuesta mucho tener hijos; ahora no podrás trabajar, ¿quién te va a dar de tragar? Porque tú no tienes marido, y a mala hora te dejaste coger en el camino, porque a lo mejor no sabías que en Guatemala, cuando una decide venirse a los Estados Unidos, se pone una inyección para que no te preñen los coyotes. Candy estaba tan avergonzada que no levantaba la cabeza para mirar a nadie en la casa, pero a pesar de todo, ella acarició la idea de ser madre y trató de seguir trabajando, pese a que en Conchas no permiten embarazadas. Mantuvo su embarazo en secreto hasta que se le notó y como era primeriza y además muy delgada, pudo trabajar hasta los 6 meses, cuando ya tuvo que asumir que sí estaba embarazada, por lo que se retiró a su casa, consciente de que ya había pagado su deuda. Ahora, el grupo se dedicó a distribuir las labores de la casa. Como eran siete que vivían en el apartamento, se distribuyeron las labores del hogar; cada día le tocaba la limpieza a uno, ya sea lavando la ropa, organizando su espacio y limpiando la cocina. Acordaron que como Candy no trabajaba, los gastos de ella se prorratearían entre todos, como jabón de lavar, pasta dental y todo lo que ella consumiera. Pero Margarita adujo que a ella entonces le tocaría los quehaceres de la casa. Candy no estaba en situación de discutir y aceptó la propuesta. Los días pasaron rápido y Candy tuvo su bebé que fue un niño precioso. Margarita, al verlo, se emocionó y dijo que si era bonito el coyote, ¿verdad tu? Pues a las dos semanas ya Candy buscaba quien le cuidara a Gabriel para conseguir trabajo y doña Zenaida le dijo, los niños muy tiernos son mas caros y yo cobro 20 dólares por día; pues, yo se lo pago, dijo Candy, pero cuídelo como a sus ojos porque ese niño es mi única razón para vivir; voy a trabajar duro para mi bebé, y entonces se dedicó a buscar trabajo. Su amiga,

Guadalupe, le dijo, en Michael Bianco están aceptando personal; si tú no sabes coser, no importa, pues el manager es mi amigo y cogen con papeles chafos (falsos). ¿Podré yo mandar a hacer mi green card como Irma Serrano? --No mujer--, todos tenemos papeles chafos, --agregó Guadalupe--. De esta manera, dio inicio Candy a una nueva aventura. Comenzó a trabajar, y como pagaba para que le cuidaran el niño todo el día, se quedaba en el trabajo hasta las 6 y a las 6:30 pasaba por una escuela a estudiar 2 horas de inglés, 2 veces a la semana; en la escuela conoció a Carmelo, quien la enamoraba todo el tiempo; un día le dijo a él si tu lo que quieres es acostarte conmigo, te va a costar billete, porque yo tengo muchos gastos y no me puedo regalar; dime, qué debo hacer, le dijo él. Así entraron en detalles y comenzaron a salir. Candy sabía que él solo quería jugar pero ella tampoco quería nada en serio. Carmelo era trabajador y ganaba buen dinero en trabajos de construcción y no le importaba pagar lo que fuera, a fin de complacerla. Candy no era bonita pero en Estados Unidos las responsabilidades y todo el sistema estadounidense te mantienen tan ocupado que a veces te llegan los años de los "ta" y no te das cuenta de que la vida no es batata y que la batata retoña, pero la vida no; eso llevó a Candy a pensar diferente. Mientras estuvo con Carmelo comenzó a tener una vida mas activa; ella no estaba enamorada pero se sentía a gusto con lo que él le daba; la llevó a una clínica de estética para un maquillaje permanente; le mandó a tatuar sus ojos, cejas, párpados, etc.; incluso, la enseñó a manejar y le regaló un carro, donde Candy con Gabrielito en el asiento infantil, manejaba de un lado para otro; ya su niño iba a la escuela y Candy tenía su propio apartamento; llevaba muy buena relación con sus primos, pero ya era una persona autosuficiente; aprendió muy bien el inglés y Carmelo ya se había convertido para ella en un dolor de cabeza, pues le había ayudado pero se había convertido en un hombre manipulador, celoso, egoísta y quería casarse con ella pero no tenía buenas relaciones con Gabrielito. Eso enfrió la relación y recordó lo que pasó con su padrastro y no quería que su hijo pasara por una experiencia similar; por eso, decidió no verlo mas, pero la soledad no es buena consejera y ya ella no era la fea que salió de Totonicapán, pues se había convertido en una mujer ambiciosa e inteligente; sabía lo que quería y cómo conseguirlo; ahora se había convertido en una mujer interesante y siempre tenía pretendientes que le complacían sus antojos; siempre estaba muy bien vestida, ya que había aprendido a estar de acuerdo con la moda; tenía muy bien cuidado su pelo; sus labios, delicadamente pintados de color rosa y se destacaban la blancura de sus dientes; su separación de Carmelo no le afectó en lo absoluto; fue importante pero no dejaba de ser una aventura mas. Pasaron algunas semanas y comenzó a tratar a otros chicos; si ella veía posibilidad de conseguir un beneficio, decía, bueno la situación no está para perder el tiempo, el show debe continuar, hay que vivir la vida y yo pienso que a rey muerto, rey puesto. Entonces, un día aceptó una invitación para una cena, con un trailero que había conocido cuando trabajaba en Conchas; ella había hablado por teléfono con él pero nada de nada, ahora quería iniciar algo diferente, una aventura con alguien que le pague la cirugía de mis chichis (tetas o busto), ya que cuando tuvo el bebe se le cayeron un poco. El le dijo, yo quiero a alguien como tu, independiente, porque a mi me llaman el corre caminos y no quiero amarrarme; quiero a alguien para pasarla bien en mi tiempo libre; siempre ando de acá para allá; a mi me gusta ser trailero, mientras Candy pensaba para sus adentros que lo que le interesaba era que le pagara la cena; a partir de ese día comenzaron a salir y la aventura se tornó en algo importante. Eliécer Dorantes, que así se llamaba el trailero, no sabía que el nombre de Irma Serrano era el que ella usó para ocultar su verdadera identidad y además, ella siempre sintió una admiración por la señora Irma y describía a esta señora como extraordinariamente bella. Para Candy era un honor tener ese nombre, aunque también tuvo que aguantar que le dijeran tigresa, pero a Eliécer no le importaba, él solo quería estar con ella, la deseaba con frenesí y con mucho amor. El estaba "asfixiado", hasta el punto que le dio dinero para pagar una clínica, a fin de operarse del busto y hacerse una abdominoplastia. Todo lo que se hacía, salía de las costillas de "sus novios". En este caso, con astucia, se había convertido en una mujer maliciosa y calculadora y poco a poco le sacaba el alma a Eliécer, quien andaba loco tras ella, y le daba todo lo que le pedía, pues ella no quería a nadie de gratis.

Ella estuvo con muchos hombres, y su mentalidad había cambiado; todo lo que ahorraba lo enviaba a su mamá para que lo depositara en un banco y también le mandaba para los gastos de la casa, porque Chepe había muerto, ya que le dio cirrosis hepática de tanto guaro que chupaba (tanto ron que ingería). A ella le daba gusto ayudar a su madre, a pesar de que no fue una buena madre y a pesar de que no se quería acordar de Totonicapán.

Candy ya tenía muchos años trabajando en Bianco. Todos la conocían y sabían que sus documentos eran falsos; de hecho, la famosa tarjeta verde con que ella consiguió trabajo ya no existía. Como dirían los raperos, en Bianco se trabajaba a lo f-ke (*); a ellos no le importaba si tus papeles eran buenos; solo querían sacar una buena producción, pues tenían que cumplir con un contrato muy importante y aceptaban hasta menores de edad con identificación falsa. Todos estaban felices y contentos; el que quería trabajar dos turnos se podía quedar de 7 de la mañana a 11 de la noche. Esto permitió que Candy ahorrara suficiente dinero. Los fines de semana los dedicaba a Gabrielito; ella era un ejemplo de que en la vida se puede hacer de todo un poco, por lo que estaba feliz; ya había comprado una casa para su madre y sus hermanos, así como una casa muy grande para tener donde vivir cuando regresara a su país. Tenía un niño sano, ¡que más podía pedir ella! Solo se limitaba a decir, soy feliz pero no del todo; en mi corazón hay un espacio vacío y aun recordaba al Canche. A pesar de que por su vida pasaron muchos hombres, él había dejado huellas imborrables en su vida; si alguna vez se había enamorado, --decía-- el amor cruzó por mi vida y pegó la vuelta; y cuando alguien decía que tenía un hijo sin padre, decía, claro que mi hijo tiene padre porque no fue formado de leche de vaca; ella era callada pero cuando tenía que defenderse se convertía en una fiera; sacaba las garras haciendo honor a su nombre; se convertía en una verdadera tigresa. Por eso, tuvo muchos conflictos en el trabajo, pues Candy no se dejaba sugestionar y era la envidia de muchas mujeres; siempre estaba radiante, hasta que un día, mujeres que tenían documentos legales se comenzaron a quejar de que los supervisores o jefecitos, trataban con mas consideración a los que eran "mojados" y comenzó una tirantez entre las mujeres, ya sea porque una iba al baño a hablar por teléfono media hora; otra que alegaba que estaba legal; otra que le gustaba a un jefecito. Eso desencadenó el chisme mas grande en la factoría; mientras que Candy no intervenía en esos chismes; ella estaba de lo mas distraída, pensando en negociaciones y haciendo los arreglos necesarios para ver si su nueva conquista le ayudaba con los gastos de cierre de una cirugía que pensaba hacerse, a fin de levantarse las pompis y como ella hacía honor al dicho "cuarto en mano culo en tierra", todo lo conseguía porque si le daban, ella daba, y así logró que uno de sus "novios" le pagara la cirugía para levantar sus pompis, pues ella decía que la barriga es la deshonra de una mujer joven; las tetas son la autoestima, y las nalgas son un orgullo. Es importante tratar de esconder la deshonra, esforzarse por levantar la autoestima y mantener el orgullo muy en alto, para que nadie lo toque sin beneficio alguno. Pero bueno, ya la tigresa está de regreso a su trabajo y estaba convertida en toda una diva. Aquella chiquilla fea que salió de Totonicapán se sometió a varias cirugías , por lo que se convirtió en una bellísima mujer. Ahora solo quería trabajar duro, porque deseaba ahorrar un poco más de dinero; pero como dicen, el hombre propone y Dios dispone.

Se presentaron problemas en el trabajo, debido a que una persona hizo una denuncia que destapó la caja de Pandora; dicen que esa persona confidencialmente se comunicó con el servicio de inmigración, y aunque parezca increíble, en ese momento se estaba confeccionando una orden de uniformes y mochilas para el Army y dicen, que a raíz de esta denuncia, ya la compañía estaba en investigación desde hacía 9 meses, por lo que le avisaron a todo el personal que iban a entrar a realizar una redada, pero no lo tomaron en serio y llegó el día. Todo estaba tranquilo, se trabajaba normal, 5 mujeres hablando por teléfono en los baños, los jefes en sus oficinas chequeando qué había de nuevo en el Internet, buscando noticias, deportes, mujeres, etc. La secretaria se tomaba su café y hablaba por teléfono, mientras había tres personas esperando para pedirle una aplicación de trabajo. Candy se comunicaba con la baby sister (niñera) para saber de Gabrielito; en fin, cuando escucharon un ruido como de tropas de guerra y helicópteros sobrevolando el edificio, todos trataron de saber qué pasaba; unos trataban de huir, pero fue inútil, pues las puertas estaban aseguradas para que nadie saliera o pudiera entrar; se formó un verdadero caos; una chica intentó lanzarse por una ventana pero cayó como una guanábana, rompiéndose una pierna; se oían los gritos de los oficiales cuando decían dont mov {no se muevan}; aquello era deprimente; personas que al igual que

Candy tenían sus niños en la casa que se los cuidaban otros, estaban en la escuela y lloraban de desesperación. Candy se quedó estática en una esquina y dijo, --yo presentía que esto algún día iba a suceder--. Ella estaba muy asustada, tratando de comunicarse con la señora que cuidaba su niño, pero vino un oficial y le dijo, dame tu teléfono, y Candy se quedó tranquila. Encomendándose a Dios, dijo --Señor mi Dios, si no me mordió un cocodrilo cruzando el río, ni me mató el hambre, la sed y el calor del desierto, ya no temo a nada; que sea tu voluntad--. Después de varias horas de negociaciones entre líderes religiosos y representantes de los consulados de México y Guatemala, entre otros, las mujeres que tenían niños las dejaron salir y lo demás es historia patria. Estaban libres pero tenían que ir a la Corte periódicamente; por eso, Candy tomó la decisión de salir del país voluntariamente. Ella trabajó fuerte y pudo ahorrar su dinero, porque lo demás salía del bolsillo de la persona con quien estaba, pues ella nunca perdió su tiempo con hombres que no le dieran lo que ella quería. Con el dinero que había ahorrado, podía vivir tranquila. No todo el mundo en los Estados Unidos es anti emigrante, excepto algunos que casualmente no son ciento por ciento americanos, pues la mayoría de ellos son muy amables y saben que esta gran potencia se ha ido fortaleciendo y creciendo, gracias a la mano de obra de jornaleros que han emigrado de todos los rincones del planeta; ahora encuentran que somos muchos y quieren expulsarnos, pero se les olvida que mientras menos mano de obra barata existe, hay menos producción e ingresos para el país; ahora todo es malo para el inmigrante y pienso que nos están tratando de cobrar la factura del 911. Algunas veces, hasta siendo residente te tratan como un delincuente y si eres ilegal te tratan como un criminal; ya las cosas no estaban tan bien como cuando yo vine --opinaba Candy-- Todo cuesta mas y mas tarde va ser mas difícil, porque están sacando del país a las personas que queremos trabajar, mientras los que no trabajan, tienen mas espacio para dormir la siesta. Estados Unidos es la torre de babel, donde se escuchan diferentes lenguas y viven personas de diferentes partes del mundo. Candy opinaba que Estados Unidos, sin los inmigrantes, se derrumbaría, porque todo se tornaría difícil y está claro que los inmigrantes venimos a trabajar y a superarnos; ¿qué seria de Estados Unidos si todos nos vamos? Me imagino a muchos jornaleros de ojos azules cruzar a México, para sembrar elotes y alcachofa o a trabajar en una maquiladora; o a nuestros vecinos como en los años 50, viajando a Santo Domingo a cortar caña. Si este sentimiento ante inmigrante continúa, lo que sucederá en el futuro es que si nosotros no podemos estar aquí, los dueños de grandes industrias se mudarán a nuestros países, porque por cada 100 personas que hay en las factorías, maquiladoras, plantas procesadoras de pescados y carnes, así como los trabajos del campo, 75 son inmigrantes, y cuando el congreso diseña un plan para una reforma migratoria piensan primero en reforzar las fronteras; ellos dicen, vamos a ayudar a los que están pero que no entren mas; tienen miedo de nosotros "los inmigrantes" pero se les olvida que Osama Bin Laden fue entrenado y educado en Estados Unidos y que nosotros los que venimos ilegales, a veces somos tan pobres que venimos aquí porque no tenemos estudios y no calificamos para una visa y venimos de forma ilegal porque es mejor trabajar ilegal en USA que hacer cosas ilegales en nuestros países; nosotros los indocumentados solo queremos trabajar para sobrevivir, por lo que creo que en vez de hacer redadas buscando a personas que trabajan para poner un plato en la mesa, deberían proveernos medios dignos de sobrevivencia. Estados Unidos es una tierra bendecida por Dios y su carta constitutiva dice que todos los hombres son creados iguales y es tiempo de que el inmigrante salga a exigir respeto y una reforma migratoria justa que les permita vivir con dignidad. Candy pensaba en todas estas cosas pero sabía que la situación se tornaría difícil y que la economía se iba a deteriorar, y decidió hacer sus maletas y regresar a donde nadie la pudiera botar. Al llegar a su tierra, solo tenía en agenda comenzar una nueva vida, pues quería tener una buena estabilidad; se quería desligar de todo lo que la rodeaba y comenzar a cuidar ella misma a su hijo. Estaba decidida a buscar el padre de su hijo, ya que le había prometido a Gabrielito buscarlo donde quiera que viviera. En efecto, empacó sus maletas y salió de Norteamérica. Cuando llegó a Guatemala, se instaló temporalmente en la casa que había comprado de antemano y contrató un detective, a fin de que le ayudara a encontrar al Canche. Investigó y descubrió que èl compró una pequeña isla al sur de Belice, pero no lo encontraron por el apodo de Canche, porque su verdadero nombre era Gabriel. Candy, al tener esta información, tomó sus maletas con ropa para ella y Gabrielito, a fin de quedarse el tiempo necesario hasta que lo encontrara. Así, se hospedó en el primer hotel que encontró al sur de Belice. Comenzó indagando con los camareros y luego, salió por las calles a preguntar si alguien le conocía; ya que no habían muchas islitas, le costó poco esfuerzo conseguirlo, porque don Gabriel era un hombre caritativo, según decían en el pueblo; no tiene esposa ni hijos; es muy solitario, pero es un ángel. Entonces le pagó a una persona para que la encaminara a la hacienda del señor, y una vez en la puerta, lo despidió y le dijo, voy a entrar sola, con mi hijo; al llegar a la entrada, Gabrielito contempló aquel amplio portón que dejaba ver a través de sus rejas un enorme lago y alrededor un inmenso jardín lleno de arbustos; él dijo –guao, mami, ojalá nos dejen entrar, pues dicen que ese señor es mi papá.--Sí, así es, contestó ella--. Al tocar el timbre, salió una señora y ella le dijo, necesito ver a don Gabriel. La señora le contestó que tenía jaqueca y que volviera otro día. --No puedo, tiene que ser hoy--. La señora dijo que era imposible; --si me disculpa, tengo que cerrar la puerta, pues nosotros no recibimos extraños sin previo aviso. ¿Quien es usted, agregó Candy? --Trabajo con don Gabriel desde hace 5 años y manejo la hacienda; mientras por allá, por el corredor, se escuchó su voz que decía ¿quien es Bartola? --nadie, señor. Gabrielito estaba molesto con la señora porque él había salido a buscar su papá y se apresuró a gritar, --soy yo Gabrielito, tu hijo. --El señor nunca ha tenido hijos,--dijo la empleada— Mientras don Gabriel agregó, Bartola, déjalos pasar. Al cruzar hacia la sala de espera, Candy se dio cuenta que él vivía excelentemente cómodo y vio aparecer a Gabriel, elegantemente vestido, y tembló de pies a cabeza, cuando vio frente a ella a ese hombre, que a pesar de sus años, no tenía nada que envidiarle a ningún actor de cine, y con una sonrisa pícara, èl agregó --en que puedo servirle, bella dama--, mientras Gabrielito vuelve a interrumpir y dice, --vinimos para que yo te conozca, tu eres mi papa--. Candy lo interrumpió, y le dijo, --Gabrielito siéntate, no te muevas de aquí que el señor y yo tenemos que hablar a solas-- Don Gabriel le dijo a Bartola que cuidara el niño, pues la señora y yo vamos a pasar a la biblioteca; que nadie nos interrumpa. Gabriel pensaba que el niño estaba confundido, pues no quería irse con la empleada que obedeció la orden de su jefe, mientras ellos pasaron a la biblioteca. El le dice, -- dígame que pasó en el cielo que este bello ángel ha llegado a este humilde hogar-- Yo estuve en uno de sus viajes hace varios años, contestó Candy --nosotros tuvimos intimidad durante ese viaje. El contestó, --oh, nunca la he visto antes, joven mujer. Candy tuvo que relatarle todo lo que pasó. --Pero si yo nunca tuve un hijo con nadie, adujo él-- Mi intención no es buscar beneficio con usted, señor, --le dijo ella--. Agregando, cuando usted guste podemos hacer una prueba de ADN.

Gabriel estaba anonadado con el cuerpo de la mujer. Sí recordaba a la joven fea y con pocos atributos femeninos, pero el cambio lo tenía sorprendido, pero de todos modos, tomó muestra del cabello del niño y lo llevó a un laboratorio, y en efecto, salió positivo y se fue rápido a ver a Candy, saltando de alegría, mientras gritaba,--tengo un hijo, yo soy papá, pueden creerme--.Gabrielito estaba dormido y Candy le dijo que bajara la voz; se fueron a otra habitación para hablar y comenzaron a recordar los momentos vividos. --Tuve muchas aventuras, no soy digna de ti, en realidad no me prostituí pero todos mis gastos lo cubrían hombres que fueron mis amantes; nunca me enamoré, solo buscaba apoyo económico. El le dijo, --no digas mas nada, yo tampoco he sido un santo-- ¿porque no me buscaste? Perdí contacto con los que podían ubicarte, ahora olvidemos lo que pudo ser y no fue; tratemos de construir un futuro para Gabrielito. Esta noche se quedarán aquí, pero mañana temprano nos vamos a mi pequeña isla. Gabriel estaba deseoso de estar con ella; mientras ella evocaba aquellos momentos, él recorría su diminuto cuerpo con la punta de sus dedos, diciéndole, --preciosa mía, eres adorable; esta dicha que me ofreces viene directamente del cielo; nunca pensé que tendría un hijo. Ella le contó toda su vida, pero él no quería hablar del pasado; le hacía mucha gracia el nombre de la tigresa, pero le dijo, ya no quiero que me cuentes las aventuras de la tigresa, pues Dios me ama y me lo ha demostrado a través de ti, regalándome la dicha de ser padre; vamos a unirnos para que juntos, y con la bendición de Dios, comencemos a instruir a Gabrielito por los caminos del Señor, y que no le falte nada para que no tenga que crecer sin un patrón familiar. Esta no es una petición de matrimonio; es el humilde ruego de quien a partir de hoy se convierte en tu humilde servidor. --No mi amor, no digas esas cosas, aquí el único siervo es mi corazón que permaneció vacío muchos años, esperando que tu vengas a llenarlo con tu ternura incomparable--. Gabriel y Candy tuvieron esa noche su segunda luna de miel y al día siguiente planearon hablar con Gabrielito, pero no era necesario, pues él estaba fingiendo que dormía y escuchó toda la conversación. La pareja de tortolitos, al día siguiente, se fue de paseo y disfrutaron de un día en familia para compartir ideas; luego, al atardecer, Gabriel los llevo a la que sería su casa, donde Dios tenía cosas muy bellas para la vida de Candy y su hijo. El comenzó a mostrarle su refugio, que era una pequeña isla donde le esperaba una nueva vida para los tres. Gabriel, en su tiempo libre, se dedica a enseñarle a su hijo a montar caballo, mientras que Candy felizmente se dedicaba a cuidar de su casa y su familia. Gabrielito en su escuela sirve de apoyo a niños que no tienen un padre a su lado y siempre dice que hay muchos niños huérfanos de padres vivos, pero esa no es una razón para estar triste. Dios nunca nos deja huérfanos del todo, pues él es el padre por excelencia. Gabriel, Candy y Gabrielito están disfrutando la dicha de saber que ya no van a ser tres; pronto llegara una niña a completar la dicha de la familia y Candelaria de León (Candy], a pesar de haber sido una niña abusada y de haber puesto en peligro su vida cruzando la frontera, y no obstante haber pasado por humillaciones y situaciones dolorosas, hoy tiene el privilegio de ser una mujer bella, culta e inteligente. Gracias a su fuerza de voluntad, logró salir adelante y hoy tiene el privilegio de contar con una familia feliz y Gabriel ha contratado uno de los mejores diseñadores de modas latino; Midsy es mexicano y se trasladó a casa de Candy para diseñar su traje de bodas; Midsy es muy selectivo, por eso viajó a Francia a escoger las telas que usará para la vestimenta de ella; por otra parte, Gabriel piensa tirar la casa por la ventana, pues quiere que su fiesta de bodas sea la mejor.

Están planeando pasar la luna de miel en Acapulco y a su regreso tienen planes de convocar marchas, y organizar vigilias en todas las iglesias que sea posible, donde participen todos los que tienen familia en Estados Unidos, a fin de hacerle llegar al presidente de USA sus inquietudes y también a través de las mismas las peticiones de personas que trabajan duro en los campos y factorías para echar este país hacia adelante y recordarle que juntos si se puede y que sin inmigrantes los EE. UU. no progresaría jamás.

Fin

(Esta narración es solo una historia;
si alguien se siente ofendido con
algún detalle de la misma, le pedimos
mil disculpas).